엄마가 필요해!

함영연 글 / 박영미 그림

KB191753

효리원

머리말

　어린 시절 나는 학교 갔다 오면 우리 언니 오빠 동생을 비롯하여 동네의 언니 오빠 동생들과 어울려 신 나게 놀았어요. 새싹이 자라 꽃을 피우고, 단풍으로 물드는 가을을 지나, 함박눈이 펑펑 내리는 겨울까지 산과 들은 우리들의 멋진 놀이터였지요.

　그런데 요즘 아이들은 형제자매 수도 적거니와 학교 갔다 오면 놀 여유도 없이 짜여진 시간표대로 움직이기 바쁩니다. 그 아이들을 보면서 과연 행복하고 건강하게 자랄 수 있을까, 걱정이 되었어요. 그런 내 마음에 들어와 자란 아이가 선우였답니다.

　선우는 아빠와 단둘이 사는 외로운 아이였지요. 난 선우가 엄마 없다고 슬퍼하면 어쩌나 했는데, 다행히도 밝은 웃음을 잃지 않고 지냈어요. 아빠 또한 선우에게 다정한 아빠가 되려고 노력했고요. 남자 혼자 아이를 키운다는 게 쉬운 일이 아닐 텐데 묵묵히 엄마 역할까지 하면서요. 그렇게 선우는 아빠와 함께 외로움을 건강하게 잘 극복하고 있었어요.

난 선우에게서 희망을 보았어요. 그건 아이다움이었답니다. 아이다움은 밝음이고, 어려운 일이 있어도 이겨 낼 수 있는 힘이었어요. 물론 아빠에게는 아빠다움이 있었지요. 아빠다움으로 자칫 어두워질 수 있는 선우의 마음을 밝고 건강하게 자랄 수 있게 해 주었어요.

엄마는 엄마다움, 아빠는 아빠다움, 선생님은 선생님다움, 학생은 학생다움, 이웃은 이웃다움……. 이렇듯 각자 자신다운 모습을 가지고 생활한다면 비록 풍요로운 자연을 누리는 건 부족해도 행복하고 건강한 사회가 될 거라는 믿음이 생겼어요. 작품 속에서 선우를 만나면 많이 칭찬해 주세요.

글쓴이 함영연

차례

아빠와 살 거야

선우는 세상에서 아빠가 제일 좋아요. 선우에게는 아빠밖에 없거든요. 엄마는 선우를 낳고 얼마 안 되어 하늘나라로 갔대요. 아빠는 선우가 씩씩하게 잘 크는지 하늘나라에서 엄마가 보고 있다고 말해 주었어요. 유치원 때는 그렇게 믿고 지냈지만, 초등학교에 입학한 뒤부터 교문에서 기다려 주는 친구 엄마들을 볼 때마다 문득문득 엄마가 그리웠어요.

그러던 어느 날, 학교에 데려다 주고 출근하

는 아빠를 본 수빈이가 가슴을 콕 찌르는 말을 했어요.

"아빠한테 새엄마 만들어 달라고 해."

"새엄마?"

수빈이는 유치원을 같이 다녀서 선우에게 엄마가 없다는 걸 알고 있어요. 하지만 선우는 새엄마에 대해 생각해 보지 않아서 잠시 어리둥절했어요. 그때 민재가 끼어들어서 폭탄 같은 말을 했어요.

"새엄마는 무서워. 옛날이야기에서 보면 아이들을 막 혼내고 못살게 굴잖아."

"야, 지금이 옛날이니?"

수빈이가 민재 말을 막았지만 선우는 팔에 소름이 오스스 돋았어요. 그래서 새엄마 만드는 건 절대로 안 될 일이라고 생각했어요.

"유치원처럼 종일반이 있는 것도 아니고, 걱정이다. 아빠가 곧 출장 갈 것 같은데⋯⋯."

저녁에 퇴근한 아빠 얼굴에 그늘이 드리워져
있었어요. 아빠는 선우가 초등학생이 되고부터
걱정이 부쩍 늘었어요.

　　"혼자 문 걸고 있지, 뭐."

　　선우는 언젠가 늦은 시각까지 아빠를 기다렸
던 걸 떠올리며 말했어요.

　　"그런 날이 많아서 그렇지."

　　아빠는 걱정스럽게 말했어요. 선우도 아빠가
집에 오지 않는 날은 어떻게 해야 하나 걱정이
몰려왔어요.

　　아빠는 오후에 돌봐 주는 사람을 구하기 쉽
지 않아서 보육까지 해 주는 학원을 알아보고
있다고 했어요. 그런데 마땅한 곳이 없는지 고
민스러워했어요.

　　"엄마가 있어야 하는데……."

　　아빠의 혼잣말이 선우의 귀에도 들렸어요.
갑자기 민재가 한 말이 생각났어요.

"아빠, 혹시 새엄마 만들려고? 절대 안 돼! 난 아빠와 둘이 살 거야."

"녀석도 참……."

아빠는 잠시 허공을 보고 있더니 조심스럽게 말을 꺼냈어요.

"선우야, 아빠가 부서 발령을 신청해 놨으니 그때까지만 할머니 집에서 지내면 어떨까?"

선우는 아빠 말에 눈이 동그래졌어요. 다섯 살 때 할머니가 집에 와서 아빠한테 한 말이 생각났기 때문이에요.

"네가 고생하는 게 안쓰러워 잠이 안 온다. 선우는 내가 돌볼 테니 이젠 참한 사람 만나 살도록 해라."

아빠는 선우를 생각해서라도 그럴 수 없다고 대답했어요. 그러자 할머니는 화를 내며 시골로 내려갔어요. 그 뒤로 할머니가 집에 오는 일은 없었어요. 아빠도 바삐 살다 보니 할머니 집에 자주 가지 못했어요. 이따금씩 내려갈 때마다 할머니는 같은 말을 해서 아빠는 할머니 눈치만 살피다 서둘러 올라오곤 했어요.

그런 아빠가 선우를 할머니 집에 보냈으면 하는 거예요. 선우는 순간 할머니가 말한 '참한 사람'이 새엄마를 두고 하는 말이라는 걸 깨달았어요.

"아빠, 새엄마 만들려고 그러지? 난 아빠랑 살 거라고 분명히 말했어."

"자식, 그렇게 강조하니까 어째 새엄마 만들어 달라는 투로 들리는데?"

"아빠, 그런 게 아니야. 아니라고."

선우는 세게 도리질을 했어요.

"알았다, 알았어."

"어쨌든 난 아빠랑 살 거야."

선우는 쐐기를 박듯 말했어요. 아빠와 떨어져 살아야 한다는 생각만 해도 가슴이 텅 비는 것 같았거든요. 엄마가 보고 싶을 때도 아빠를 생각하며 견뎌 냈는데, 아빠와 떨어져 산다는 건 상상도 못한 일이었어요.

"난 아빠랑 살 거야. 안 그러면 학교 안 다닐 거야."

선우는 할머니 집에서 살려면 학교도 옮겨야 한다는 생각에 버텼어요. 아무리 생각해도 아빠와 떨어져 살 자신이 없었어요.

"좋아! 지금까지도 살았는데 헤쳐 나가 보지, 뭐. 먼저 청소부터 할까?"

아빠는 자리에서 일어났어요. 선우는 주위를 둘러보았어요. 옷, 양말, 속옷들이 여기저기 널려 있었어요.

"팬티 주인을 찾습니다. 누구 팬티일까요?"

아빠가 선우 팬티를 흔들어 보였어요.

"이리 줘!"

선우는 얼른 팬티를 빼앗아 세탁기에 넣었

어요.

"정리할 곳이 한두 군데가 아니라서 정신이 없다."

아빠는 부지런히 청소를 했어요. 선우도 아빠를 도왔어요. 아빠는 출장 갈 때 가져갈 와이셔츠도 몇 벌 다려 놓았어요.

"이제야 좀 환해졌네. 앞으로는 정리 좀 하면서 살자."

아빠가 이마의 땀을 닦으며 허리를 폈어요.

아빠의 고향 친구

"선우야, 어서 준비하자. 오늘은 좀 빨리 가야 돼."

아빠는 아직 잠이 덜 깬 선우를 깨웠어요. 그리고 아침으로 샌드위치를 먹기를 기다렸다가 가방을 메어 주었어요.

"학교에 데려다 주고 출근해야 마음이 놓여서 그래."

아빠는 선우가 학교에 들어가는 모습을 보고서야 회사로 향했어요. 선우는 교실에 혼자 있

으니 하품이 나오고 눈이 감겼어요. 그래서 책상에 엎드렸는데 그만 잠이 들고 말았어요.

"야, 잠꾸러기! 여기가 너네 집이냐? 일어나라, 뚝딱!"

민재가 선우의 머리를 손바닥으로 눌렀어요. 선우는 고개를 들어 주위를 둘러보았어요. 아이들이 키득거리며 보고 있었어요. 선우는 부끄러워 울고 싶었어요.

"침 흘린 것 좀 봐."

"쟤는 만날 같은 옷만 입고 다녀."

아이들이 선우를 손으로 가리키며 웃었어요. 그때 선생님이 들어왔어요.

"우헤헤, 선생님! 선우는 잠자는 숲 속의 왕자님인가 봐요."

"뭐?"

"침까지 흘리며 잤어요."

민재의 말에 아이들이 웃음을 터뜨렸어요.

선우는 민재를 노려보았어요.

"민재야, 친구를 놀리면 안 되는 거 알지? 그리고 너희들도 웃으면 어떡하니? 서로 위해 주는 마음을 가져야지."

선생님이 주의를 주었어요. 그제야 교실 안이 조용해졌어요.

수업 시작을 알리는 음악이 울려 퍼졌어요.

"자, 받아쓰기한다고 했지?"

선생님의 말에 아이들이 받아쓰기 공책을 꺼냈어요.

선우는 입학하고 한 달 동안 「우리들은 1학년」이라는 책으로 공부할 때가 좋았어요. 그걸 마치고 난 다음부터 받아쓰기를 했는데, 처음에는 쉬운 낱말이라 반은 쓸 수 있었어요.

"겨우 50점, 50점이야!"

민재가 선우의 받아쓰기 점수를 보더니 떠벌렸어요. 선우는 민재가 놀리지 못하도록 받아쓰기 점수를 잘 받고 싶었지만, 어찌 된 일인지 받아쓰기 낱말은 점점 더 어려워져 갔어요. 오늘 선우는 20점을 받고 말았어요.

'숙제만 늘었네.'

틀린 낱말을 열 번씩 써 가는 것이 숙제였어요. 선우는 숙제를 하기 싫어 미루다가 아빠의 퇴근 시각이 다 되어 가는 걸 보고서야 숙제를 하기 시작했어요.

"선우야, 선우야. 살다 보니 생각지도 않은 일이 다 생긴다."

퇴근한 아빠가 싱글벙글 웃으며 말했어요.

"무슨 일인데?"

"아까 오다가 마트에 들렀는데, 거기서 아빠 어렸을 때 친구를 딱 만났지 뭐냐. 세상 참 좁아, 그치?"

아빠가 선우 볼을 비비며 말했어요. 보통은 쉬는 날에 선우랑 같이 장을 보러 가곤 하는데,

오늘은 집에 오는 길에 마침 살 게 생각났다는 것이었어요.

아빠는 고향 친구에 대해 하고 싶은 말이 더 있는 것 같았지만, 선우는 숙제 하는 데 신경을 쓰고 있었어요.

"자식, 동그라미가 몇 개 안 보이잖아. 동그라미가 다 어디 간 거냐?"

선우의 받아쓰기 공책을 본 아빠가 말했어요.

"쳇, 놀리지 마. 받아쓰기가 얼마나 어려운데."

선우는 퉁명스럽게 말했어요.

"그럼 방법을 생각해 봐야겠는데……."

아빠는 잠시 생각에 잠겼어요. 그러더니 어딘가 전화를 걸었어요.

"야, 너 하는 일이 학습지…… 뭐라 그랬잖아. 우리 아들이 1학년인데 그거 하면 도움이 되냐?"

아빠는 선우가 받아쓰기를 잘할 수 있게 도와주고 싶은가 봐요.

"그럼 우리 아들 좀 가르쳐 주라. 먼저 학습지 신청을 해야 된다고? 그럼 신청해 놓을게."

아빠는 흐뭇한 표정으로 전화를 끊었어요.

"방법을 찾았다, 찾았어."

"학습지 하라는 거지?"

선우는 덤덤하게 말했어요.

"아빠 고향 친구가 학습지 선생님이야. 이제 받아쓰기는 물론이고 공부도 잘할 수 있을 거야."

아빠가 신이 나서 말했어요.

다음 날, 아빠는 어떤 아줌마를 데리고 집에 왔어요.

"얘가 네 아들이구나. 잘생겼네. 친구들 중에 일찍 결혼하더니 듬직한 아들도 있고, 좋겠다."

아줌마가 선우를 보고 웃었어요.

"부러우면 너도 빨리 결혼해."

"그게 말처럼 쉬운 일이니?"

아줌마가 얼굴을 붉혔어요.

"야, 고향 친구 덕 좀 봐야겠다. 우리 선우 잘 돌봐 줘라. 국어와 수학을 신청해 놨어."

"내가 하는 일이 그건데, 서로 열심히 해야지."

아빠는 아줌마와 자주 만난 사이처럼 다정하게 이야기를 나누었어요.

"참, 선우야, 아빠 고향 친구야."

아빠는 그제야 선우 생각이 난 모양이에요.

"아줌마, 안녕하세요?"

선우는 아빠 고향 친구라고 해서 아저씨로 짐작했던 것이 멋쩍었어요. 아빠와 다정한 모습을 보니 뭐라 하는 것도 아닌데 미운 생각이 들었어요.

"아직 결혼을 안 했으니 아줌마는 아니지.

그리고 학습지 선생님으로 오셨으니까 선생님
이라고 불러야 해."

아빠가 설명해 주었어요.

"네."

선우는 작은 목소리로 대답했어요. 아빠는
선우가 학습지를 그다지 하고 싶어하지 않는다
는 걸 눈치챈 듯했어요.

"아빠는 네가 튼튼하게 커 주는 것만도 고마
워. 하지만 초등학생이 되었으니 공부도 해야
지. 아빠 회사 직원들 말로도 학습지를 하면 도
움이 많이 된대. 마침 아빠 고향 친구가 학습지
선생님이니 얼마나 좋냐? 누군가 선우 공부 잘
하게 도와주라고 짠! 하고 보내 준 것 같아."

선우는 기분이 좋아 보이는 아빠에게 싫다고
말할 수가 없었어요.

"선우야, 반가워. 오는 길에 아예 학습 진도
를 정하려고 문제지를 가져왔어. 그러니 몇 문

제 풀어 보자."

아줌마는 학습지를 꺼내 들고 주위를 두리번
거렸어요.

"여기다 해."

아빠가 거실 한쪽에 놓여 있는 앉은뱅이 상
을 가져다주었어요. 선우는 아줌마가 하라는
곳의 문제를 풀었어요. 선 긋기도 있고, 괄호
안에 낱말을 넣는 문제도 있었어요.

아줌마는 선우가 한 걸 살피더니 일주일 동
안 공부할 학습지를 주었어요.

"다음 주 화요일에 올 거야. 그때까지 이걸
해 놓으면 돼. 습관을 잘 들여 놓으면 공부를
잘할 수 있단다. 학습지는 알맞은 분량을 날마
다 하는 게 중요하니까 성실하게 하도록 하자."

아줌마는 공부해야 할 학습지 분량을 나누어
날짜를 써 주었어요. 그리고 아빠와 이야기를
나누었어요.

"그동안 사는 게 바빠 공부에 신경을 못 썼어. 그러니 흥미를 가질 수 있도록 잘 가르쳐 줘. 참, 이제 우리 선우 선생님인데 말 놓으면 안 되겠네."

"그러기 전에 고향 친구잖아. 편하게 말해."

아줌마가 손사래를 쳤어요. 아줌마는 아빠와 한참 동안 이야기를 나누다가 집으로 돌아갔어요.

학습지 분량을 보고 답답해진 선우는 어깃장을 놓았어요.

"아빠, 그 아줌마랑 학습지 꼭 해야 해? 재미없을 것 같아."

"아빠도 우리 아들 의견을 들어 주고 싶다만, 이제 초등학생이 되었으니 공부해야지. 기초 지식이 튼튼해야 다른 것도 잘할 수 있는 거야. 그리고 공부 가르쳐 주는 선생님이니까 아줌마가 아니라 선생님이라고 불러야 된다니까."

아빠가 선우 말을 고쳐 주었어요.

"하기 싫은데……."

"어허, 그래도 해야 돼."

"아빠 그 아줌마랑 친해?"

"당연하지. 어릴 때 같은 동네에서 자란 친구인데."

"쳇, 하필 학습지 선생님일 게 뭐야?"

"녀석도 참, 아빠는 아는 사람이라 더 믿음이 가는데. 아들, 열심히 해라."

선우는 더 보채 봤자 소용없다는 생각이 들었어요.

하지만 날마다 학습지를 하는 건 쉬운 일이 아니었어요. 무엇보다도 학습지를 하려고 펴 놓고 앉으면 만화 영화가 보고 싶어지는 거예요. 그래서 잠깐만 보겠다고 만화 채널을 틀어 놓고 있노라면 시간이 금방 가 버려요. 컴퓨터 게임도 시작하기만 하면 시간이 후딱 지나갔어요. 중간 중간 아빠가 전화해서 확인을 했지만 그것도 잠시 뿐, 자꾸만 학습지가 밀렸어요.

"어디, 다 해 놨나 볼까?"

아빠가 검사를 하다가 버럭 화를 냈어요.

"내일 선생님 오시는 날인데 이렇게 안 해 놓으면 어떡하니? 아빠가 옆에서 지키고 있어야 할래? 어서 해!"

선우는 아빠의 호통에 밀린 학습지를 하려고 했지만 졸음이 쏟아져 얼마 못 하고 말았어요.

"학습지 시작한 지 얼마나 되었다고 이러니? 집에 오자마자 부지런히 해라."

아빠가 아침에 당부했어요. 선우는 고개를 끄덕였어요. 그런데 학교를 마치고 집에 오는 길에 문방구 앞에서 민재를 만났어요.

"나 돈 있어. 우리 게임 하자."

민재는 선우가 대답하기도 전에 옆 게임기에 동전을 넣어 주었어요. 다른 날 같으면 싫다고 뿌리치고 집으로 왔을 텐데, 화면에 나타나는 전사들을 보자 게임이 하고 싶어졌어요. 그래서 그 앞에 쪼그리고 앉았어요. 전사들이 칼을 휘두르며 싸우는 게임이라 흥미진진했어요.

"민재야, 학원 갈 시간이야. 여기서 이러고 있으면 어떡하니?"

민재 엄마가 와서 말했어요.

"조금만 놀다 가려고 했어요."

민재는 발딱 일어나 엄마 손을 잡고 갔어요. 선우는 민재의 뒷모습을 물끄러미 바라보았어요. 그러다 문방구 안의 시계를 보니 벌써 한 시간이 지나가고 있었어요. 선우는 얼른 집으로 달려갔어요. 학습지 아줌마, 아니 선생님이 오기 전에 밀린 학습지를 해 놓아야 하기 때문이에요.

선우는 집에 도착하자마자 책상에 앉았어요. 그날따라 책상 다리가 더 삐걱거렸어요. 어릴 때부터 쓰던 책상인데 딱 유치원생용이었어요. 아빠는 초등학생이 되면 새 책상을 사 주겠다고 했는데, 바빠서 잊어버린 것 같았어요.

선우는 밀린 학습지를 다 할 자신이 없었어

요. 선생님이 다 해 놓지 않았다고 야단을 칠까
봐 가슴이 콩닥거리고 겁이 났어요.

선우는 다 하지 못한 학습지를 책상과 나란
히 있는 서랍장 위에 올려놓았어요. 그리고 옷
으로 덮었어요. 그런데 학습지가 옷에 밀리면
서 서랍장 뒤로 떨어져 버렸어요.

"선우야, 선생님이야."

선생님이 문을 두드렸어요. 선우는 나머지
학습지를 얼른 거실 앞은뱅이 상에다 갖다 놓
고 뭉그적거리며 문을 열었어요.

"잘 해 놨는지 볼까?"

선생님이 학습지를 채점하려고 했어요.

"선우야, 학습지 이게 다니?"

선우는 말문이 막혀서 침을 꼴딱 삼켰어요.

"나머지는 어디 있니?"

선생님이 방 안을 살폈어요.

"이, 잃어버렸어요."

선우는 저도 모르게 그렇게 대답했어요.

"어쩌다가? 학교에 가져갔구나."

선생님은 그럴 수 있다는 표정으로 말했어요. 그러자 선우는 조금 마음이 놓였어요.

"네. 학교에서……."

"다음부터는 잃어버리지 않도록 해. 알았지?"

선생님은 해 놓은 것만 채점을 하고 모르는 걸 알려 주었어요. 그리고 다음 주에 할 분량을 놓고 다시 날짜를 적어 주고 갔어요. 선우는 그제야 조마조마했던 마음이 놓였어요.

놀이터 수업

"선우야, 학습지 다 해 놨니? 밀리면 안 된다."

이젠 아예 퇴근한 아빠의 인사말이 되었어요. 선우는 아빠가 신경 쓰는 게 부담이 되었어요.

아빠는 학습지 선생님과 통화할 때 처음에는 선우에 대해 물어보고 답하는 것 같다가 이내 둘 이야기로 넘어갔어요. 무슨 말이 그렇게 재미있는지 이야기 도중에 웃음을 터뜨리곤 했어요.

아빠는 통화를 마치면 학습지를 잘 해 놓으

라는 말을 잊지 않았어요. 마치 아빠가 선생님에게 잘 보이려고 하는 것처럼 말이에요. 그럴수록 선우는 학습지 하는 게 싫어 떼를 썼어요.

"아빠, 학습지 하면 공부 잘할 수 있다며? 다 엉터리야. 난 아직도 받아쓰기 잘 못하잖아. 학습지 재미없어."

"공부가 그리 쉬운 줄 알았니? 하기 싫어도 해야 돼."

아빠가 단호하게 말했어요. 아빠는 다른 부서로 발령이 나서 출장을 가지 않아도 되었어요. 할 일이 많아 야근을 해야 할 때는 집에 가지고 와서 했어요. 그렇게 바쁘다 보니 선우가 공부를 어떻게 하고 있는지 일일이 확인하지 못했어요.

선우는 아빠가 학습지에 대해 물으면 다 했다고 대답하고 넘겼어요. 그렇지만 대답으로 넘길 수 없는 화요일이 되었어요. 선우는 선생님이 오면 또 잃어버렸다고 말하고 싶었지만 차마 그럴 수 없었어요.

선우는 선생님이 올 시간이 되어도 집에 가지 않고 놀이터에 있었어요. 집에 아무도 없으면 돌아갈 거라고 생각했거든요. 그런데 선생님이 놀이터로 찾아온 거예요.

"선우야, 여기서 뭐 하니? 아빠한테 연락해 봤더니 놀이터에 가 보라고 하시더라. 어서 집에 가자."

선생님이 선우 팔을 잡고 일으켜 세웠어요.

"아줌마, 아니 선생님, 저 학습지 하기 싫어요. 아빠한테 하지 않게 말해 주세요."

"아직 공부하는 습관이 안 되어 있어서 그래. 조금만 더 하다 보면 재미있어질 거야."

"정말 하기 싫단 말예요."

"그러면 오늘은 조금만 하자."

선생님이 학습지를 꺼냈어요. 그리고 딱 열

문제만 풀라고 했어요.

　"정말 열 문제만 풀어요?"

　선우는 집에 있는 학습지는 스무 장도 넘게 풀어야 하는데, 딱 열 문제만 풀라고 하니 마음이 솜털처럼 가벼웠어요. 그래서 놀이터 의자에 앉아 문제를 풀었어요.

　선생님은 열 문제에 빨간 색연필로 크게 동그라미를 해 주었어요.

　"공부를 갑자기 하려니 힘들 거야. 하지만 공부는 해야 해. 공부도 때가 있거든. 제때 못

배워서 평생을 아쉬워하며 지내는 사람들도 있단다. 집에 있는 학습지는 다음 주에 검사할 거야. 선우야, 받아쓰기 100점 받고 싶지 않니?"

선생님 말에 선우는 눈이 반짝 빛났어요. 민재처럼 받아쓰기 100점 받고 싶어하는 걸 선생님이 어떻게 알고 있는지 신기했어요.

"네, 100점 받으면 좋겠어요."

선우는 얼른 대답했어요.

"그렇다면 국어 읽기 책을 읽고, 어려운 낱말이 있으면 몇 번씩 쓰면서 연습해야 해. 그래야 받아쓰기할 때 틀리지 않는단다."

선우는 선생님 말이 맞는 건 알겠는데, 미리 연습하는 건 싫었어요.

"아무리 방법을 알려 줘도 스스로 안 하면 효과가 없는 거야. 목마른 소를 물가에 데려다 줄 수는 있지만, 물은 소가 직접 먹어야 하듯이 말이야. 다음부터는 오늘 같은 일이 없었으면

해. 알았지? 아빠가 물으시면 잘 말해 놓을 테니……. 그럼 선생님 간다."

선생님은 선우에게 손을 흔들어 보이고는 갔어요.

'참, 아빠 전화!'

선우는 아빠가 전화를 몇 번이나 했을 거라는 생각에 집으로 달려갔어요. 역시 부재중 전화가 여러 통 와 있었어요. 선우는 아빠 회사로 전화를 걸었어요.

"아빠……."

"선우구나. 오늘 신 났겠다. 선생님이랑 야외 학습도 하고. 아빠는 네가 전화를 안 받아서 걱정했는데 선생님이 말해 줘서 마음이 놓였어. 어이, 괜히 마음 졸였잖아. 조금 놀다가 숙제도 하고 학습지도 해."

선우는 아빠 말을 가만히 듣고 있었어요. 아빠가 걱정할까 봐 선생님이 놀이터에서 야외

학습을 했다고 말해 준 모양이에요.

아빠는 퇴근하면서 시장을 봐 왔어요.

"시장을 같이 봐 준다고 하더니 온통 잔소리 투성이야. 이건 이래서 안 되고 저건 저래서 안 되고……."

아빠가 봉지에서 물건을 꺼내며 말했어요.

"누구랑 시장을 봤는데?"

"고향 친구, 학습지 선생님 말이야."

"그 선생님과 시장도 같이 봐?"

선우는 아빠가 학습지 선생님과 같이 갔다는 말에 왠지 외톨이가 된 것 같았어요.

"왜, 그러면 안 돼?"

아빠는 선우 기분과는 상관없이 싱글벙글했어요.

선우는 가방에서 「방과 후 학교」 안내문을 꺼냈어요. 아빠는 그걸 살펴보더니 어디론가 전화를 했어요.

"야, 방과 후 학교 신청서가 왔는데, 어떤 걸 하는 게 좋을까? 독서 논술은 해 놔야겠지?"

아빠의 고향 친구인 학습지 선생님이었어요. 아빠는 고향 친구를 만난 뒤로 자주 전화해서 이것저것 의논을 했어요.

"방과 후 학교를 일찍 신청 받아서 다행이야. 집에 혼자 있는 게 걱정되었거든. 알았어. 고맙다."

아빠는 학습지 선생님과 통화를 마친 뒤 「독서 논술」과 「기초 영어」 과목을 신청서에 썼어요.

"학교 마치고 급식을 먹은 다음에 운동장에서 놀거나 교실에서 있다가 방과 후 수업하는 교실로 가서 공부하고 오면 돼. 다 마치고 집에 오면 4시 30분쯤 되겠다. 학습지 시간은 뒤로 미룰 수 있대. 잘할 수 있지?"

아빠는 선우가 학교에 있게 되어 마음이 놓

인다는 표정이었어요.

"아빠는 고향 친구 없으면 못 살지? 무슨 일만 있으면 학습지 선생님과 전화하느라 바쁘고."

선우가 퉁퉁거렸어요.

"자식, 널 잘 키우려니까 그러는 거지. 너도 이제 학생인데 놀기만 할 수 없잖아. 방과 후 학교에서 공부할 수 있게 되어 그나마 마음이 놓인다."

아빠는 여전히 선우에 대해 걱정이 많은 듯했어요.

"아빠, 학습지 선생님과 얼마나 친해?"

"어릴 때부터 친구니까 아주 친하지."

아빠는 학습지 선생님 이야기를 할 때면 무척 행복해 보였어요.

"혹시 둘이 결혼하는 거 아냐?"

"쪼그만 게 말하는 거 봐. 공부하기 싫으니까

엉뚱한 질문만 하고. 앞으로 10년은 넘게 공부
해야 하는데, 이왕 할 거 열심히 하자, 응?"

아빠가 선우의 머리에 콩 하고 꿀밤을 주었
어요.

"아, 아파. 아빠는 공부 잘했어?"

"열심히 할 때는 잘하고, 게으름 피울 때는
못하고 그랬지."

선우는 아빠의 다음 말이 열심히 하라는 말
이란 걸 빤히 알기 때문에 방과 후 수업을 받지
않겠다고 고집을 부릴 수 없었어요.

사물 이야기 놀이

　선우는 여전히 받아쓰기 점수가 낮았어요. 늘 받아쓰기 점수가 100점인 민재는 받아쓰기가 식은 죽 먹기라는데, 선우에게는 너무나 어려웠어요. 민재는 엄마가 받아쓰기 연습을 시켜 주어서 쉽다고 했어요.

　선우는 민재가 엄마 이야기를 할 때마다 부러웠어요. 또 민재 엄마를 볼 때도 부러웠어요. 민재 엄마는 비 오는 날이면 학교로 와서 민재에게 노란 비옷을 입히고 우산을 씌워서 데리고 갔어요.

"그러니까 새엄마 만들어 달라고 해."

민재 엄마가 올 때마다 물끄러미 보고 있는 선우를 보고 수빈이가 한마디 했어요.

"넌 새엄마 얘기밖에 할 게 없냐?"

선우는 수빈이에게 쏘아붙였어요. 수빈이는 잊을 만하면 새엄마 이야기를 꺼내서 신경 쓰이게 했어요.

선우는 집으로 오면서 엄마의 모습을 그려 보았어요. 맛있는 간식을 만들어 주는 엄마, 비 오는 날 데리러 오는 엄마, 받아쓰기 연습을 시켜 주는 엄마……. 그러다 콧등이 찡했어요. 오로지 아들을 잘 키우기 위해 열심히 일하고, 집안일까지 하는 아빠가 생각났기 때문이에요.

선우는 아빠를 기쁘게 해 주고 싶었어요. 그러기 위해 학습지도 잘 해야겠다고 다짐했어요.

집에 와서 선우는 텔레비전 만화 채널을 틀지 않고 컴퓨터 게임도 하지 않고, 밀린 학습지를 부지런히 했어요.

선우는 놀이터에서 학습지 선생님이 다정하게 대해 주었던 일이 생각났어요. 그래서 선생님이 올 시간이 되어 가자 커피를 타 놓고 싶었어요. 선우는 싱크대 위에 놓여 있는 전기 주전자의 플러그를 콘센트에 꽂았어요.

"선우야, 선생님 왔어. 어서 문 열어라."

선생님이 현관문을 두드렸어요. 다른 날보다 빨랐어요. 선우는 물 끓는 소리에 커피부터 타려고 컵에다 커피 믹스를 넣었어요.

"선우야, 어서 문 열어."

선생님이 문을 두드리며 재촉했어요.

"선우야, 너 집에 있는 거 다 알아. 어서 문 열지 못하겠니?"

선생님이 화난 목소리로 말했어요. 선우는

물을 부으려다가 할 수 없이 문을 열었어요. 선생님이 들어오면서 야단을 쳤어요.

"선우야, 집에 있으면서 왜 빨리 문을 열지 않았니? 그렇게 공부하기 싫으니? 정말 하기 싫다면 나도 가르치기 힘들다고 아빠한테 말씀 드릴 거야. 그러면 되지, 응?"

선우는 선생님이 화를 내자 안절부절못하고 서 있었어요. 선생님은 뜨거운 입김을 내뿜으며 말하다가 잠시 숨을 고르느라 애를 썼어요.

"휴우! 미안, 미안하다. 저번 놀이터에서 한 말도 있고 해서 열심히 할 거라고 기대하고 와서 화가 났나 봐."

선생님은 이제 진정이 되는지 차분하게 말했어요. 선우는 싱크대를 가리켰어요.

"커피를 타 놓으려고 했어요."

컵과 뜯어진 커피 믹스 봉지를 보더니 선생님이 김빠지는 듯한 소리를 냈어요.

"하아, 뭐라고? 그럼 말을 하지 그랬어?"

"선생님이 빨리 오시는 바람에……."

"그래도 전기 제품을 함부로 쓰면 위험할 수 있어. 그러니 다음부터는 그러지 마."

"넘어지면 저절로 꺼지는 안전장치가 있어서 괜찮아요. 아빠하고 있을 때 써 봐서 잘 알아요."

선우가 머리를 긁적이며 말했어요.

"그래도 조심해야 돼. 아휴, 난 그런 줄도 모르고……. 미안해."

선생님이 씁쓸하게 웃었어요. 그때였어요. 선생님의 휴대 전화가 울렸어요.

"네, 지국장님. 그럼요, 잘하고 왔는데요. 네? 그건 아이가 하도 스트레스를 받길래……. 학원도 몇 개나 다녀서 시간도 부족한가 봐요. 죄송해요. 그런 일 없도록 할게요."

선생님은 전화를 끊고는 한숨을 푹 내쉬었

어요.

"무슨 일인데요?"

"응, 여기 오기 전에 만나는 아이 말인데, 그 아이 어머니한테 한마디 들었거든. 그런데 할 말이 남았는지 지국장님께 항의 전화했나 봐. 아무리 열심히 가르치려고 해도 아이가 하는 게 많아 힘들어하는 걸 어떡해……."

선우는 학습지 선생님도 힘들 때가 있다는 걸 알 수 있었어요. 그래서 얼른 가서 커피를 타 왔어요. 선생님이 싱긋 웃었어요. 선우는 거실 앉은뱅이 상에 학습지를 자랑스럽게 꺼내 놓았어요.

"선우야, 정말 다 해 놓은 거니? 잘했다. 정말 잘했어. 우리 선우, 저번에 받아쓰기 100점 받고 싶다고 했지?"

"네. 그러면 아빠도 기뻐하실 거예요."

선우는 진심으로 말했어요.

"좋아, 얼른 학습지 끝내고 받아쓰기 연습하자. 다음 학생 만날 때까지 시간이 좀 있으니까 봐 줄게."

선생님은 학습지 채점을 하고 틀린 문제를 설명해 주고, 다음 주까지 해야 할 분량을 날짜별로 정해 주었어요. 그리고 나서 읽기 책을 가져오라고 해서는 어려운 낱말에 밑줄을 긋고 쓰라고 했어요.

"선우야, 우리말에는 받침 다음에 오는 글자 첫소리가 이응이면 이어서 소리가 나는 게 있어. 차자라, 이렇게 소리가 나도 찾아라, 라고 써야 해."

선생님은 선우가 소리 나는 대로 쓴 낱말을 바르게 쓰도록 설명해 주었어요. 선우는 받아쓰기 연습이 지루했어요. 틀린 낱말을 열 번씩 써 가는 숙제 때문인지, 똑같은 낱말을 몇 번씩 쓰다 보니 금방 싫증이 났어요.

"선우가 학습지를 잘 해 놓았으니 상으로 잠시 사물 이야기 놀이를 해 볼까?"

선생님은 선우가 싫증이 난 걸 아나 봐요.

"어떻게 하는 건데요?"

선우는 놀이를 한다는 말에 관심이 생겼어요.

"눈을 감고 사물을 손으로 만져 물건 이름을 맞춘 뒤, 그 물건에 대한 이야기를 하는 거야. 예를 들어 선생님 가방이 선택되면, 가방에 대한 이야기를 하는 거지. 선생님 가방은 처음 학습지 선생님을 시작할 때 만난 재희의 이야기가 담겨 있단다. 재희는 나를 얼마나 기쁘게 해 줬는지 몰라. 내가 갈 시간이 되면 꼭 문밖에 나와 기다렸지. 그리고 학습지를 한 번도 밀리지 않고 열심히 했어. 그런데 재희와 헤어져야 했지. 재희네가 이민을 가게 되었거든. 그때 재희가 선물로 준 가방이야. 아니, 실은 재희 어머니가 주셨지만, 이 가방을 보면 재희가 생각난단다."

"알겠어요."

"원래는 눈을 가리고 찾아서 해야 하지만 가구 모서리에 부딪치면 안 되니까 그냥 네가 선택해서 말해 봐."

선우는 방으로 들어가 옷걸이에 걸어 놓은 코트를 만졌어요.

"선생님, 따뜻해요. 이 코트는 아빠가 학교 입학 선물로 사 주신 거예요."

"그렇구나. 아빠의 사랑이 담겨 있는 코트구나."

선우는 다시 거실로 나와 앉은뱅이 상을 만지며 아빠와 둘이 가서 사 왔다는 이야기를, 싱크대로 가서 머그잔을 만지며 유치원에서 도자기 체험을 가서 직접 만들었다는 이야기를 했어요. 선생님은 선우를 따라다니며 선우 이야기를 재미있게 들어 주었어요. 선우도 가만히 앉아서 공부하다가 여기저기 움직이니까 신이 났어요.

이번에는 안방으로 들어가 커튼을 만졌어요. 갑자기 가슴이 짜르르 아팠어요.

"선우야, 왜 그러니?"

선생님이 가만히 있는 선우에게 물었어요.

"아빠의 눈물이 생각나요."

"저런……."

"지난 번에 아빠가 집에 빨리 온 적이 있었어요. 전 아빠를 놀라게 해 주려고 커튼 뒤에 숨었어요. 아빠는 제가 학교에 있다고 생각했는지 그냥 이불을 펴고 누웠어요. 그러더니……."

선우는 목이 메었어요.

"선우야, 말하기 힘들면 하지 않아도 돼."

선생님이 걱정스러워했어요.

"아빠가…… 우시는 거예요. 절 잘 키우고

싶은데, 잘할 수 있을지 모르겠다고 하면서요. 아빠는 몸살이 나서 아프면서도 제 걱정을 하시는 거예요.”

“선우가 아빠 사랑을 알게 되었구나. 선우야, 널 사랑하는 아빠를 위해서라도 튼튼하게 자라고 공부도 열심히 하는 거야. 알겠지?”

선생님은 선우를 안아 주었어요. 선우는 자신의 이야기를 하게 되어 쑥스러웠어요. 사물이야기 놀이는 자신도 모르게 마음을 열게 하는 놀이인 것 같았어요.

선우는 선생님이 간 뒤에도 조금 더 받아쓰기 연습을 했어요. 그때 아빠에게 전화가 왔어요. 선우는 으쓱해서 전화를 받았어요.

“아빠, 오늘 학습지 다 해서 채점 받았어. 그리고 받아쓰기 연습하고 있었어.”

“잘했다. 아빠는 선우가 잘할 거라고 믿었어. 그런데 선우야, 아빠 오늘 좀 늦을 것 같아.

되도록 일찍 들어갈 테니까
누가 와도 절대 문 열어
주지 말고 있어. 그럴
수 있지?"

　선우는 그러겠
다고 대답했어
요. 하지만 그때
부터 마음이 불
안했어요. 이럴 때
엄마가 있으면 좋겠
다는 생각이 들었어요. 선
우는 무서움을 떨치려고
얼른 텔레비전 만화 채널을 틀었어요.

　그렇게 한참 동안 보고 있는데 밖에서 아빠
목소리가 들렸어요.

　"집에 들어가서 차 마시고 가."

　"아냐, 늦었어. 선우 기다리다 잠들었겠다.

갈게."

학습지 선생님 목소리도 들렸어요. 아빠가 오기만을 손꼽아 기다리고 있었는데, 아빠는 선생님과 있었던 거예요. 선우는 화가 났어요.

"선우야, 늦어서 미안해."

아빠는 가만히 웅크리고 있는 선우를 안아 주려고 팔을 벌렸어요. 선우는 아빠 팔을 뿌리 치고 발딱 일어나 방으로 들어가 문을 쾅, 소리 가 나게 닫았어요.

"정말 치사해! 난 아빠만 기다리고 있었는 데, 학습지 선생님이나 만나고. 내 생각은 하지 도 않았지? 아빠는 선생님이 그렇게 좋아? 나 보다 좋아?"

선우는 소리를 바락바락 질렀어요.

"선우야, 그게 아니고, 그 친구 생일이라서 모른 척할 수 없었어. 그 친구는 네 걱정하느라 괜찮다는 걸 내가 만나자고 했다. 아빠는 고향 친구를 만나서 얼마나 좋은지 몰라. 우리 아들 공부도 믿고 맡길 수 있어서 좋고, 말벗이 생겨서 좋고. 그리고 인마! 너도 친구 있잖아. 아빠도 친구 한 명 정도는 있어도 괜찮지 않냐?"

아빠가 문밖에서 주절주절 이야기를 했어요. 선우는 자꾸 눈물이 났어요.

발견된 학습지

선우는 두 손으로 목을 감쌌어요.

"왜 그러니?"

아빠가 궁금해했어요.

"고개 숙이면 아파."

"자식, 어젯밤에 그렇게 심술부리더니 잠을 편하게 못 잤나 보네."

아빠가 웃으며 말했어요. 하지만 말하다가 하늘을 쳐다보는 걸 보면 아빠의 마음도 그리 편한 것 같지 않았어요.

선우는 아빠한테 화낸 것이 미안했어요. 하지만 회사 일로 늦을 거라고 생각했는데, 학습지 선생님과 같이 있었다는 사실이 아직까지도 서운했어요. 선생님에게도 야속한 마음이 들려는 걸 꾹 눌렀어요. 아빠가 만나자고 했다니 말이에요.

"아빠, 힘내! 아빠한테는 내가 있잖아."

선우는 학교까지 데려다 주고 회사로 발길을 돌리는 아빠 등에 대고 말했어요.

"너도 힘내라. 아빠가 있잖니."

아빠도 돌아보며 주먹을 쥐어 보였어요.

선우는 공부를 잘해서 아빠를 기쁘게 해 주고 싶었어요. 그래서 자리에 앉아 읽기 책을 펴고 받아쓰기할 부분의 어려운 낱말을 눈에 넣으며 읽었어요.

수업 시간이 되자 선생님이 받아쓰기 공책을 꺼내라고 말했어요. 선우는 선생님이 불러 주는 낱말들을 소리 나는 대로 쓰지 않고 바르게 썼어요.

학습지 선생님과 연습할 때는 하기 싫었는데, 쓸 줄 아는 낱말이 나오니까 은근히 재미있었어요. 선우는 꾹꾹 눌러 한 글자 한 글자 정성껏 썼어요.

"야호!"

선우는 채점이 된 받아쓰기 공책을 받아 들고는 만세를 불렀어요.

"처음으로 100점 받으니까 그렇게 좋냐?"

선우는 민재가 빈정거리는 말에 당황스러워 받아쓰기 공책을 재빨리 덮었어요. 민재는 선우가 100점 받았다고 알고 있는 것 같았어요.

비록 100점은 아니지만 선우는 입이 자꾸 벌어졌어요. 어제 텔레비전 만화를 보지 않고 계속 연습했으면 더 많이 맞았을 거라는 자신감도 생겼어요.

선우는 아빠한테 얼른 알려서 기쁘게 해 주고 싶었어요. 그래서 수업을 마치자마자 아빠한테 전화를 걸었어요.

"아빠!"

"선우야, 무슨 일 있니?"

아빠가 다급하게 물었어요. 그러자 선우는 소중한 보물처럼 아껴 두었다가 집에 가서 짠, 하고 보이고 싶어졌어요.

"아니야. 그냥 했어."

선우는 그렇게 말하고 방과 후 수업까지 하고 집으로 갔어요. 어쩐 일인지 아빠가 먼저 와 있었어요. 방에는 새 책상이 놓여 있고, 책상 크기 때문에 서랍장 위치도 바뀌어 있었어요.

선우는 아빠가 새 책상으로 바꿔 주겠다는 약속을 기억하고 있는 것이 놀라웠어요. 그런데 더 놀라운 건 아빠 손에 학습지가 들려 있는 거였어요.

"이 녀석! 어서 들어와 봐."

선우는 그 자리에 얼어붙고 말았어요.

"어찌 된 건지 설명해 봐. 이게 왜 서랍장 뒤에

서 나오는지, 엉?"

선우는 눈앞이 아찔했어요.

"일부러 그러지 않고는 이게 서랍장 뒤에서 나올 리 없지. 나 참, 그런데도 잘 하고 있다고 말하다니……."

아빠는 무척 속상해했어요.

"아빠, 그게……."

"아빠는 널 잘 키워 보려고 노력했어. 그런데 이런 비겁한 일을 하다니……. 학습지 선생님한테 전화해 봤더니, 네가 학교에서 학습지를 잃어버린 적이 있다고 그랬다더구나. 어이가 없어서 말이 다 안 나온다. 이래서 혼자 자식 키우는 게 힘든가 보다. 이제라도 할머니 도움을 받아야겠어."

아빠는 무척 허탈해했어요.

"아빠, 잘못했어. 그때는 학습지가 밀려 선생님께 야단을 맞을까 봐 그랬어. 이제는 학습지 밀리지 않고 잘 해. 학습지 하는 거 별로 힘들지 않아.

앞으로 절대로 그러지 않을 거야."

"자식 잘 키울 자신이 없으면 잘 클 수 있도록 도움을 받는 게 옳다고 생각해. 할머니와 살면 공부 말고도 먹이고 입히는 것까지 모두 아빠보다 나을 거야. 그러니 고집부리지 마."

아빠는 화를 누르려는지 천장을 바라보았어요.

"아빠, 할머니는 별로 본 적도 없는데 내가 거기 가면 행복할 것 같아? 난 싫어!"

선우는 눈물이 쏟아져 엉엉 울었어요. 아빠가 등을 돌려 선우를 안아 주었어요. 아빠는 화를 내고 있지만 할머니 얘기는 진심이 아니었나 봐요.

"그러게 야단맞을 짓은 왜 하냐? 아빠는 네 전화 받고 일이 손에 안 잡혔어. 그래서 윗사람에게 말하고 일찍 와서 담임 선생님한테 전화를 했지. 네가 방과 후 수업을 잘하고 있다고 하길래 큰맘 먹고 네 책상을 사 왔는데……. 서랍장 뒤에서 학습지가 나오니 아빠가 화 안 나겠어? 그건 정말

정직하지 못한 일이야.”

“알아. 이젠 정말 안 그래. 학습지 선생님도 잘 가르쳐 주셔.”

“자식, 그러니 잘 하란 말이야.”

아빠가 선우 머리를 쓸어 주었어요.

“아빠, 보여 줄 게 있어.”

선우는 아빠를 기쁘게 해 드리고 싶었어요. 그래서 소매로 눈물을 쓱쓱 닦고 받아쓰기 공책을 꺼내 아빠에게 내밀었어요.

“우와, 80점! 틀린 것보다 맞은 게 더 많잖아!”

아빠는 언제 화를 냈냐는 듯이 기뻐했어요.

“학습지 하고 나서 선생님이 받아쓰기 연습을 시켜 주셨어. 이제 열심히 연습해서 100점 받을 거야. 약속해.”

선우는 아빠와 새끼손가락을 걸었어요.

갑자기 생긴 일

선우는 방과 후 수업을 받기 위해 교실에서 시간이 될 때까지 기다렸어요. 집이 가까운 아이들은 집에 갔다가 시간에 맞추어 왔지만, 선우는 집에 가도 챙겨 줄 사람이 없어서 그렇게 했어요.

그런데 선생님이 반 친구 엄마가 상담 오기로 했다면서 도서실에서 책을 읽든지 아니면 운동장에서 좀 놀다가 오라고 했어요. 선우는 운동장 가에 있는 등나무 의자로 갔어요.

선우는 누구네 엄마가 오는지 궁금했어요. 선우는 하늘을 보며 엄마 모습을 그려 보았어요. 희미하게 어떤 모습이 그려지더니 학습지 선생님이 나타났어요.

'말도 안 돼!'

선우는 고개를 저어 지워 버렸어요.

방과 후 수업 시간이 되자 선우는 가방을 들고 나오려고 뒷발을 들고 살금살금 교실로 갔어요.

"선생님, 아이를 맡겨 놓고 찾아뵙지도 못했네요. 우리 민재 학교생활이 어떤지 궁금해서요."

선우는 민재 엄마가 와 있어서 깜짝 놀랐어요. 민재 엄마는 선생님과 다정하게 이야기를 나누고 있었어요.

"학교생활 잘하고 있으니 걱정 마세요. 어머님이 이렇게 관심을 가져 주시는데 당연히 잘

하지요.”

선생님 말에 민재 엄마가 활짝 웃었어요. 선우는 얼른 교실을 나왔어요. 방과 후 교실에서도 민재 엄마와 선생님이 다정하게 이야기를 나누며 웃던 모습이 떠올랐어요.

선우도 엄마가 있어서 학교에 선생님을 만나러 오면 좋겠다는 생각이 들었어요. 하늘나라로 간 엄마는 올 수 없고, 그렇다면 수빈이 말대로 아빠한테 새엄마를 만들어 달라는 수밖에 없는 거예요.

그러자 학습지 선생님이 생각났어요. 이번에는 등나무 의자에서처럼 떠오르는 모습을 서둘러 지우지 않았어요. 대신 앞치마를 두르고 음식을 만들어 주는 모습, 숙제 하는 걸 도와주는 모습, 아침에 학교 잘 갔다 오라고 손을 흔드는 모습을 상상해 보았어요. 생각만으로도 기분이 좋았어요.

선우는 방과 후 수업을 마치고 부지런히 집으로 왔어요. 그리고 학습지를 꺼내 놓고 문밖에 나가 선생님을 기다렸어요.

"어머나, 날 기다린 거야?"

선생님이 선우를 보고 놀라서 물었어요. 선우는 쑥스러워 씨익 웃었어요.

"밀리지 않고 잘 해 놓은 거지?"

"네, 다 했어요."

"잘했다."

선생님이 선우의 머리를 쓰다듬어 주었어요.

"참, 받아쓰기 잘 봤니?"

선생님이 물었어요.

"네."

선우는 받아쓰기 공책을 보여 주었어요.

"정말 잘했다. 계단이 열 개 있다면 선우는 여덟 계단을 올라갔네. 이제 노력해서 두 계단만 더 올라가면 되겠다. 짠! 할 수 있지?"

선생님이 선우의 손바닥을 쳤어요.

"선생님이 알려 준 대로 또 연습할 거예요."

"우리 선우, 정말 공부 잘하겠다. 무럭무럭 자랄 파란 싹이 보여."

선생님이 흐뭇해했어요. 선우는 일어나 컵에다 음료수를 따라 왔어요. 사실은 따뜻한 차를 주고 싶었지만 전기 주전자를 쓰는 게 위험하다고 선생님에게 주의를 들은 뒤로 쓰지 않았어요.

"선우야, 아빠한테 잘해라. 엄마 아빠 둘이 자식을 키워도 힘들어하는 집이 많은데, 아빠 혼자 키우자니 얼마나 힘들겠니?"

"알아요. 그런데 선생님은 왜 결혼을 안 했어요?"

"얘는, 별걸 다 궁금해하네. 선생님은 결혼보다도 우리 선우 같은 아들이 있으면 좋겠다."

선생님이 빙긋 웃었어요.

선생님은 학습지 공부를 다 마치자, 선우에게 집 안 정리하는 법을 가르쳐 주겠다고 했어요. 선우는 여기저기 흩어져 있는 물건들을 보니 부끄러웠어요.

"우리 선우가 정리하는 방법을 알면 더 깨끗해질 거야."

선생님은 그렇게 말하면서 집 안 청소를 하고 설거지까지 했어요. 선우는 그저 선생님 뒤를 쫄쫄 따라다니는 꼴이 되었어요. 방과 후 교실에서 그려 본 그런 엄마의 모습이었어요.

학습지 선생님이 돌아가자 집이 텅 빈 듯했어요. 그때 아빠가 전화를 했어요. 선우는 당황스러웠어요. 갑자기 출장이 생겨 지방으로 갔는데, 일이 늦어진다는 전화였어요.

"아빠, 부서 옮겨서 출장 안 가도 된다고 했잖아. 나 혼자 있는 거 싫어. 빨리 와."

아빠는 선우가 불안해하자, 늦게 끝나더라

도 꼭 집에 갈 테니 너무 걱정하지 말라고 말했어요.

선우는 만화 채널을 틀어 놓고 마음을 차분하게 가라앉히려고 애썼어요. 얼마를 그렇게 있어도 아빠는 오지 않았어요.

선우는 만화를 보다가 쪼그리고 앉아 깜빡 잠이 들었어요. 그런데 만화 영화에서 아이가 낭떠러지로 떨어지면서 소리치는 바람에 잠에서 깼어요. 절벽으로 떨어진 아이가 팔에 피를 흘리며 울고 있었어요.

"엄마, 엄마……."

선우는 어리둥절해서 보다가 집에 자기 혼자라는 걸 알고는 울음을 터뜨렸어요.

"아빠, 아빠……."

선우는 울면서 전화 버튼을 눌렀어요. 신호가 가는 걸 확인한 선우는 수화기에 대고 울먹였어요.

"아빠, 빨리 와. 나 무서워."

"여보세요? 선우야, 무슨 일이니?"

아빠 목소리가 아닌 학습지 선생님 목소리가
들렸어요. 아빠가 자주 걸던 번호로 재발신된
모양이에요.

"선우야, 숨을 깊게 들이쉬었다가 내쉬어 보렴. 그렇지. 곧 갈 테니까 무서워하지 말고 기다려. 알았지?"

선생님이 서둘러 전화를 끊었어요. 선우는 선생님 말대로 숨을 깊게 들이쉬었다가 내쉬기를 반복했어요. 마음이 조금 안정되는 것 같았어요.

선우는 텔레비전을 끄고 선생님을 기다렸어요. 자꾸 눈꺼풀이 감겼어요.

얼마의 시간이 지나 눈을 떴을 때 선우는 화들짝 놀랐어요. 자신이 선생님 품에서 자고 있는 거예요.

"선우야, 아빠가 출장 가셔서 많이 놀랐지? 선생님이 옆에 있으니 맘 놓고 더 자라."

선생님은 선우를 편안하게 눕히고 이불을 덮어 주었어요. 선우는 밤새 엄마와 함께 있는 꿈을 꾸었어요.

새엄마의 자리

선우는 학습지 선생님 손을 잡고 학교로 갔어요. 수빈이가 보고는 엄지손가락을 치켜세웠어요. 선생님이 돌아가자 수빈이가 쪼르르 곁으로 왔어요.

"드디어 새엄마 생겼구나?"

"그런 거 아냐."

선우는 고개를 저었지만 선생님을 생각하니 마음 한구석이 따뜻해졌어요. 그래서 학습지 하는 화요일이 빨리 왔으면 싶었어요.

그런데 학교 공부를 마치고 교문을 나서던 선우는 눈이 동그래져서 걸음을 멈췄어요. 학습지 선생님이 웃으면서 선우를 기다리고 있는 거예요.

"우리 선우, 학교생활 잘했니? 배고프지? 맛있는 거 먹으러 가자."

선생님은 마치 엄마처럼 말했어요.

"아빠한테 전화해 놨으니 괜찮아."

선우가 망설이자 선생님이 아빠한테 전화를 걸어 주었어요.

"아, 아빠."

"음, 어제 얘기 들었어. 혼자 있게 해서 미안하다. 선생님이 너에게 맛있는 걸 사 주고 싶다고 그리시네. 좋은 시간 보내도록 해. 자식, 아빠 친군데 어째 널 더 예뻐하는 것 같다."

아빠가 호탕하게 웃으며 전화를 끊었어요.

"자, 가 볼까?"

선생님이 선우 가방을 받아서 메고는 선우 손을

잡았어요. 지나가던 민재가 벌린 입을 다물지 못했어요. 선우는 민재 앞에서 보란 듯이 다정하게 걸었어요. 그리고 맛있는 것도 먹고 옷 가게에도 갔어요. 선생님은 곧 여름이 다가오니 시원한 것이 좋겠다며, 입고 있는 옷보다 얇은 옷을 사 주었어요. 괜찮다고 해도 선우를 만난 선물이라며 품에 안겨 주었어요.

선생님은 집에 와서도 선우가 정리를 잘하나 봐야겠다며 집안일을 했어요. 선우는 선생님을 졸졸 따라다녔고요. 선우는 선생님이 왜 그러는지 돌아갈 때가 되어서야 알게 되었어요.

"선우야, 미리 말해야 하는데 그러지 못해 미안하다. 선생님 어머니가 편찮으셔서 고향에 좀 가 있어야 해. 그래서 얼마간 못 볼 거야."

선생님이 쓸쓸하게 말했어요. 선우는 머리를 어딘가에 부딪친 것같이 멍했어요.

"자, 인사해야지. 건강하게 잘 지내렴. 네가 타

준 커피 생각이 날 거야."

선생님은 선우를 안아 주고는 발길을 돌렸어요.

선우는 눈시울이 붉어졌어요. 선생님과 헤어지고 싶지 않았어요. 그래서 달려 나갔어요.

"선생님⋯⋯."

선생님이 발길을 멈추고 뒤를 돌아보았어요.

"옷 선물 고마워요. 그리고 학습지 잃어버렸다고 거짓말한 거 죄송해요. 이제 거짓말 절대로 안 할게요. 선생님 엄마 여기서 병원 다니시면 안 돼요?"

선생님은 울상이 되어 있는 선우의 손을 잡았어요.

"우리 선우 보고 싶어 빨리 올라와야겠네. 열심히 공부하고 있으면 꼭 보러 올게."

선생님은 힘주어 손을 잡아 주고는 가던 길을 갔어요. 선우는 선생님을 바라보며 한참이나 서 있었어요.

"야, 추선우!"

지나가던 민재가 불렀어요. 학원 가방을 들고 있는 걸 보면 학원 마치고 집에 가는 길인 모양이에요.

"정말 새엄마 생긴 거야? 원래 너네 엄마인데 집 나갔다가 온 거지?"

민재는 새로운 사실을 알아냈다는 듯이 말했어요.

"함부로 말하지 마."

"에이, 진짜 네 엄마 맞잖아."

"그만해. 알지도 못하면서."

선우는 퉁명스럽게 말하고는 집으로 들어왔어요. 선생님 손길이 닿은 곳이 반짝반짝 윤이 났어요. 선우는 서랍장을 열어 보았어요. 속옷이 가지런히 정리되어 있었어요. 보는 것만으로도 기분이 좋았어요. 이번에는 아빠 방의 서랍장을 열었어요. 한 귀퉁이에 공책이 보였어요.

'아빠도 일기를 쓰나?'

선우는 공책을 들고 잠시 망설였어요. 그때 공책 사이에서 카드가 빠져 바닥으로 떨어졌어요. 선우는 카드를 집어들었어요.

　'김운경? 학습지 선생님 이름인데…….'

　선우는 카드를 폈어요.

석춘에게

석춘아, 이렇게 네 이름을 불러 본 게
얼마 만인지 모르겠다. 어린 시절 함께
지낸 세월은 나에게 소중한 추억이 되어
있단다. 다시 만나게 되어 참 기뻐.
생일 축하해 줘서 고마워. 내 생일을
아직도 기억하고 있어서 놀랐어.

그날 선우를 사랑하는 네 마음을 많이
느낄 수 있었어. 선우에게 엄마를 만들어
주고 싶다는 네 말, 집에 와서도 자꾸
생각나더라. 난 가끔 선우가 내 아들이라면
얼마나 좋을까, 상상해 보곤 했어.
선우 엄마가 되어 달라는 말,
조금 더 생각해 볼게. 안녕!

내 생일 다음 날, 김운경

선우는 가슴이 마구 떨렸어요. 그래서 얼른 카드를 접어 공책 사이에 넣고 서랍장을 닫았어요.

"우리 선우, 오늘도 잘했지?"

아빠는 퇴근하자마자 달려온 것 같았어요.

"아빠, 조금 늦게 와도 되는데."

"무슨 말이냐?"

"아빠 고향 친구 만나고 와도 이해해 줄 수 있다는 말이지."

"자식⋯⋯."

아빠가 선우를 안아 주었어요. 선우는 선생님이 고향으로 간다는 사실이 기억났어요. 그동안 정이 들었는지 벌써 보고 싶었어요.

"아빠는 선우가 아빠 아들이어서 참 고마워. 학교생활을 잘하는 것도 고맙고. 오늘 알았는데, 주민 센터에 엄마나 아빠 혼자서 자식을 키우는 집에 도우미를 파견해서 돌봐 주는 복지

프로그램이 있다는구나. 그걸 이용하면 도움이 많이 될 것 같아서 자세히 알아봐야겠어.”

아빠는 표현은 안 했지만 여전히 힘에 부쳤나 봐요.

“아빠, 놀이터 가자.”

선우는 아빠 손을 잡고 밖으로 나갔어요. 그리고 아빠한테 목말을 태워 달라고 했어요. 선우는 가슴을 활짝 펴고 하늘을 바라보았어요.

“아빠, 할머니 집에서 학습지 선생님 집이 가까워?”

“그리 멀지 않아. 선생님한테 전화 받았어. 집 사정이 그러니 어쩌냐?”

“아빠, 이번 주 토요일에 할머니 집에 가.”

“할머니 집이면 질겁하던 네가 갑자기 웬일이니?”

“선생님한테 할 말 있어.”

“그게 뭔데?”

"비밀."

선우는 하늘을 바라보며 자신이 잘 자라는지 지켜보고 있다는 엄마 얼굴을 그려 보았어요.

'엄마, 엄마도 아빠와 내가 행복하게 사는 게 좋지? 나, 학습지 선생님한테 새엄마 되어 달라고 할 거야.'

선우가 혼잣말을 했어요. 하늘도 선우의 마음 한편에 새엄마의 자리가 생겼다는 걸 아는지 부지런히 아름다운 노을을 만들고 있었어요. ✿

엄마를 발견한 젖먹이의 느낌표는 앙증맞습니다.
세상을 품어안은 성인의 느낌표는 한없이 크고 넓습니다.
이 두 느낌표는 서로 다른 모습이지만 모두 소중합니다.
효리원은 다양한 깨달음이 소중하게 여겨지는 세상, 수많은
느낌표가 모여 꽃처럼 아름다운 세상이 되기를 소망합니다.
'효리(曉: 깨달을 효, 里: 마을 리)'는 '깨닫는 마을'을 뜻합니다.

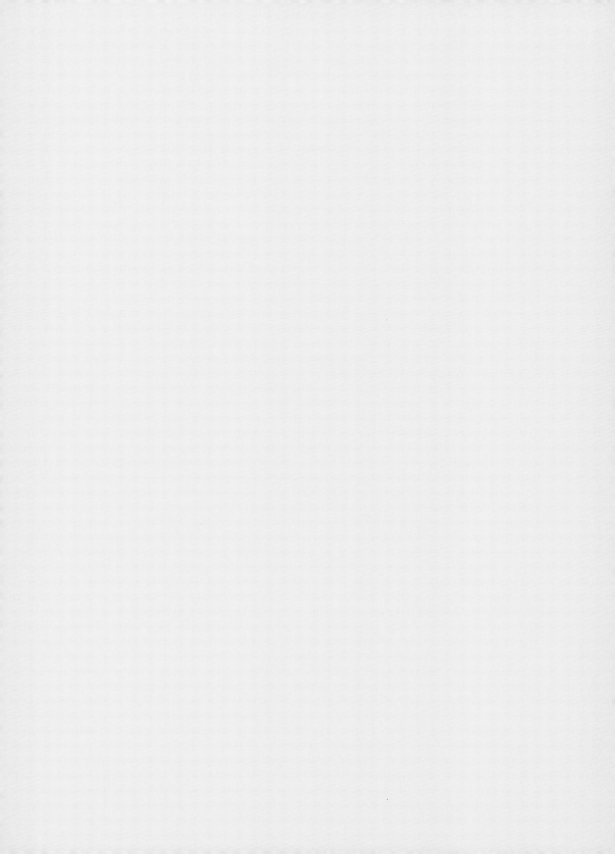